KB042161

오랜 미래에서 너를 만나고

시작시인선 0499 오랜 미래에서 너를 만나고

1판 1쇄 펴낸날 2024년 3월 29일
지은이 허향숙
펴낸이 이재무
기획위원 김춘식, 유성호, 이형권, 임지연, 차성환, 홍용희
책임편집 박예솔
편집디자인 민성돈, 김지웅, 정영아
펴낸곳 (주)천년의시작
등록번호 제301-2012-033호
등록일자 2006년 1월 10일
주소 (03132) 서울시 종로구 삼일대로32길 36 운현신화타워 502호
전화 02-723-8668
팩스 02-723-8630
블로그 blog.naver.com/poemsijak
이메일 poemsijak@hanmail.net

ⓒ허향숙, 2024, printed in Seoul, Korea

ISBN 978-89-6021-758-4 04810
　　　　978-89-6021-069-1 04810(세트)

값 11,000원

오랜 미래에서 너를 만나고

허향숙

천년의시작

시인의 말

파이를 구울 때마다
노을 진 강변을 걸을 때마다
애월 바다를 떠올릴 때마다
이루마를 들을 때마다
윤동주를 읽을 때마다
고관절 부러진 뼈처럼
가슴속 대못 하나
더 깊숙이 파고든다

유난히 국화 향을 좋아했던 너

웃을 때마다 드러나는 잇몸이 밉다며 입을 가리고 웃던 너

잘잘못을 떠나 모두 내 탓이라며 일기장 가득 반성문을
써 놓았던 너

내게 있어 생이란
무애하는 일
오랜 미래에서 만난 너를
내 안에 심는 일

차 례

시인의 말

제1부 비는 견자처럼 아래로 비상한다

제2부 옷처럼 생을 벗고 입을 수 있다면

제3부 사랑은 그대를 입고

제1부 비는 견자처럼 아래로 비상한다

무애를 살다

슬픔이 흘러왔다
흐르게 두었다

분노가 돋아났다
돋게 두었다

기쁨이 엎질러졌다
그냥 두었다

현요함이 날아들었다
번지게 두었다

감정의 숲에
봄날의 오후 같은

천진이 피었다
난만하게 두었다

비의 비상

비의 비상은 떨어짐이다
떨어져
꽃을 피우는 일이다

변곡과 변속의 시간들

여인에서 아내로,
엄마로, 망자의 어미로,
시인으로
설렘과 기쁨과 한탄과 설움과
그리움의 시간들

날아오른 기억보다
엎어진 기억이 더 많은

떨어져 깨지고 나서야 피는
순간의 꽃

비는 견자처럼
아래로 아래로 비상한다

순간은 막 열린 영원

오지 않은 시간 속
무수한 첫들이

머언 기억 속
한 톨의 씨로 있음을 본다

순간은

첫의 꽃이자
영원의 꽃이다

상실을 살다

길을 가다 보면

나를 알지 못하는
나를 만난다

너를 향해 웃는
너 때문에 우는
너만을 원하는
나를 만난다

나도 모르는 새 나는
빠져나가고
나라고 믿는 나 혼자
걷고 달리고 멈춘다

길 위의 관성을 벗어나

나를 잃은 길이
앞서다가 뒤쳐지다가
고꾸라지다가

걷고 멈추기를 반복하며

상실을 살고 있다

숨바꼭질

태풍은 나비의 날개에 꼭꼭 숨고

소란은 고요에 꼭꼭 숨고

어둠은 빛에 꼭꼭 숨고

슬픔은 기쁨에 꼭꼭 숨고

고통은 환희에 꼭꼭 숨고

울음은 웃음에 꼭꼭 숨고

악마는 프라다에 꼭꼭 숨고

병은 건강에 꼭꼭 숨고

죽음은 생에 꼭꼭 숨고

이별은 만남에 꼭꼭 숨고

\>

부재는 존재에 꼭꼭 숨고

말은 침묵에 꼭꼭 숨고

술래가 되어
너를 찾아 나선 길
너는 내 안에 꼭꼭 숨고

그늘은

태양만을 섬기는
근육을 부릴 줄 모르는
시선을 사용할 줄 모르는

변명이라고는 좀체 생각해 내지 못할 것 같은
한 번도 감정이 걸어 다녀 본 적 없을 것 같은
우람한 울음조차도 압사되어 바스라질 것 같은

여름에 두꺼운 옷 입고
겨울에 얇은 옷 입는

주장할 줄도
차별할 줄도
편애할 줄도

모르는
모든 사물에
겸손히 갈채를 보내는

무람히 빛을 사는

고도를 기다리며

바케트를 썰다가
베케트가 생각나
베케트를 꺼내 읽으며
바케트를 뜯는다
무의미를 씹는다
단절을 씹는다
허무를 씹고
염세를 씹고
부조리를 씹는다
무위의 소란을 읽다가
들끓는 침묵을 싸매고
나무 그늘 아래로 간다
바케트를 뜯는다
베케트를 음미한다

슬픈 욕망

잊고 두었던 감자에 싹이 났다

암흑의 시간

어찌 저리 푸른 독을 품었을까

화분 모퉁이에 터를 내어 주었다

그새 무성해진 감자 싹과 이파리

얼마 후에는

꽃봉오리 마구 피워 냈다

불임의 꽃들

슬프고도 찬란한 욕망들

살아 있는 것들은

살아 있는 것들은 절정의 순간부터 시들기 시작한다

아름다움으로부터 아름다움이 시들고
욕망으로부터 욕망이 시들고
환희로부터 환희가 시든다

오, 생명이여!

절망으로부터 절망이 시들기를
슬픔으로부터 슬픔이 시들기를
죽음으로부터 죽음이 시들기를

피고 지는 일

피고 지는 일은
어둠의 몫

태양은 늘 처음 자리에서 빛나고
어둠 혼자 피고 진다

지금 캄캄하다 하여 울지 말자
머지않아 어둠은 질 것이고
사위 환해지리니

바코드

| | | | | | | | | | | | | | | | | | | |

계산대에 서면
삑삑 소리내며
존재를 알리는 바코드

우리 몸 어딘가에도
신께서 찍어 놓은 바코드 있지 않을까
슬며시 뒷목으로 손이 간다

생몰과 성분, 효용과 가치까지
이식해 놓은 인간의 바코드는
지문? 이름? 사주팔자? 동경? 꿈? 사랑?

집으로 가는 길
빨간 신호등 아래
사람들 서로를
스캔하고 있다

유예하나

봄은 싹 틔우기를 유예하지 않고

여름은 생장하기를 유예하지 않고

가을은 떠나보내기를 유예하지 않고

겨울은 생명에의 꿈을 유예하지 않는데

세월의 자식들만 유예를 일삼는다

취직난으로 졸업을 유예하고

결혼이 두려워 연애를 유예하고

생활에 치여 꿈을 유예하고

인습에 매여 자유를 유예하고

자신을 유예하다

자신을 잃어버린다

알지 못하면 꿈꿀 수 없다

축사 시멘트 바닥에서 태어난
송아지는 풀을 모른다
눈앞에 펼쳐진 초록의 세계가
말캉한지
보드라운지
모른 채
자신이 밟고 있는
그 거칠고 딱딱한 바닥만을
세상의 전부로 안다

주어진 대로 먹고 잠들 것이
아니라 독초로
죽을 고비 겪을지라도
스스로 먹이를 찾아야 한다는 것을
초록의 세계를 갈망하며
잠긴 문을 부숴야 한다는 것을
아는 자만이

꿈꿀 수 있다

넘다

개미 한 마리

보리 한 알 물고

담벼락 오르다

떨어지고

다시 오르고

떨어지고

다시 오르고

떨어지고

예순아홉 번째

떨어지더니

일흔 번째

>

오르는 거야

조 개미만 한

개미가

저 가파른 담벼락을

덩치보다 큰

보리 한 알 물고

일생을 두고

넘
　어
　　　가
　　는

거야

수평을 바란다

곰소항에 와서 수평을 본다

수평의
팽팽한 긴장
속 보이지 않는
힘의 손을
본다

어느 캄캄한 정오
너로 인해
허물어진
내 생의
수평

날마다
이는 감정의 너울
출렁이는 생 부둥켜안고
수평의 긴장을
바란다

보이지 않는 손의 힘을 바란다

박명

하루가 껍질을 깨고 나오는 중이다

없어도 있음이라

세상엔
내 것 아닌 것이 없고
내 것인 것도 없구나

존재하는 모든 것들이 스스로
존재한다지만

마음에 투영되지 않는 한 그것들은
있어도 없는 것

밤하늘을 보아야 별이 있고 달이 있듯
꽃을 보아야 꽃이 있고 나비가 있듯
허공에 마음 두어야
우거진 고요와 텅 빈 소란
꽉 찬 무를 볼 수 있다

마음 닿지 않는 곳
있어도 없음이라

제2부 옷처럼 생을 벗고 입을 수 있다면

푸른 별

급성백혈병이라는 진단을 받았다
아이는 달개비꽃처럼 떨고 있었다

원인도 알 수 없을뿐더러
이 병에 걸릴 확률은 번개 맞을 확률이라며
인턴은 바리캉을 들이대며
위로랍시고 말했다
나는 인턴에게서
바리캉을 뺏어 들어
아이의 머리를 민 후
쓰고 있던 모자를 벗었다
간밤에 파르라니 깎은 내 머리를
아이는 오래도록 바라보았다
우리는 엉엉 웃었다

봄밤이었다
가장 밝게 빛나는 푸른 별 향해
아이가 홀로 떠난 날은

입춘

꾸웅-

　　　　쩌엉-

　　끄엉-

짝 잃은 물개의 울음 같은
자식 잃은 바다사자 울음 같은

물의 뼈 갈라지는 소리

저 소문난 봄 속에
뛰어들어 나 그대를
우는 한낮입니다

아무 곳에나 심장을 내려놓고

한 번씩 하얘질 때가 있다

벚꽃 잎 지는 윤중로에서
이팝꽃 뽀얗게 핀 물의 정원에서
토끼풀 무성한 옥호리 골짜기에서
포말 하얗게 부서지는 겨울 채석강에서
기약을 수태한 선운사 동백 숲에서
불암산 초입부 찔레꽃 향기 속에서
밤을 밀어내는 박명의 시간 속에서
동숭동 비 오는 거리에서

심장을 놓고 하얘질 때가 있다

손바닥만 한 그늘 그리며 어린 나무
바람 흔들고
꽃놀이 나온 인파 속 비둘기
비굴을 쪼고 있는데

머리 하얘지도록
가슴 하얘지도록

너를 울고 있는 나는

아무 곳에나 심장을 내려놓고

탈피하지 못한 뱀은 죽는다*

그녀가 내게 온 날도
그녀가 나를 떠난 날도
비가 내렸다

그녀의 문장은
완성되기도 전에 마침표가
찍혔다
그녀의 생은 그렇게
마침표에 갇혔다

태양을 삼킨 천둥이
뜨거운 슬픔에 놀라 소리를 내질렀다
그녀를 가둔 생의 마침표가

찬란히 찢겼다
단단한 슬픔의 껍질을 벗은
그녀는 유유히
세상 밖으로 걸어 나갔다

* 괴테의 『파우스트』에서 인용.

내일이 들어오지 못하도록

매일 하루씩 뒷걸음질 쳐
그날 저녁을 서랍에 가두고 싶다[*]

그러면 그날 저녁은 내일을 향해 가지
못할 것이고
오늘은 지속될 것이다
밤새 서랍을 틀어막으며
오늘에 들어오지 못해 쩔쩔매고 있을
내일을 모른 체할 것이다

2003년 3월 17일
그날의 저녁을 서랍 속에
영영
가두고 싶다

[*] 한강의 시 「서랍에 저녁을 넣어 두었다」에서 이미지 가져옴.

나를 읽다

나는 너를 읽고 싶어 안달이다

너의 새벽. 너의 하오. 너의 저녁. 너의 밤,
너의 체온, 너의 언어, 너의 생각을 읽고 싶어
네가 쏟아 냈던 말들을 밤새 줍는다

산산이 부서지고
허공중에 흩어진
너의 말들을 모아 삼키다 보면
너는 이미 내 안에 가득 차 있다

나는 나를 열어 너를 읽는다

네게로 가는 꿈

작년에 캐어 둔 구근을 심는다
이제 곧
노오란 꽃잎이 오리라

생도 캐 두었다 심으면
봄처럼
피어날 수 있을까

오늘도
슬픔 한 알 삼키며
네게로 가는 꿈 꾼다

봄밤의 일

바람이 세를 넓히는 일도

풀이 키를 키우는 일도

꽃숭어리 세상 엿보는 일도

처음 너를 품은 일도

내 품은 생명 홀로 진 일도

나를 저버린 기억

홀로 너를 찾는 일도

젖 먹던 힘 다해 웃는 일도

봄밤의 일

새벽 종소리 벌 떼처럼 잉잉거려도

그냥 두어두는 일도

몽돌 해변에서

하루에도
수없이
밀리고 쓸리고

이리 치이고
저리 치이는
닳고 닳은 돌들

얼마나 긴 세월
네가 떠난 날 이후
난 파도를 빌려 울어야 할까

우리 처음 있던 자리
까마득히 밀리고

산다는 것은
너 없이 산다는 것은

조막만 한 모오리돌 하나
주머니에 넣고

새까만 울음

만지작거리며 가는

에움길

밤길

밤길 걷는다
말라 가는 길가 풀잎들
네게서 멀어지는
내 기억 같아

입 안에 쓴 물 고인다
나를 아프게 다녀간

웃음 한숨 눈물 고통이
뿌리를 떠나는 풀잎처럼
희미해질 때 비로소

이 세상 건너 네게 갈 수 있을까
살얼음에 추운 달빛
밟으며 슬픔으로 찬란한
옛집 찾아
밤 도와 걷는다

천 일의 꿈

어느 날, 예닐곱 아이가 집 안을 돌아다니길래 어여 집으로 돌아가라며 집 밖으로 내어놓았습니다 다음 날도 그다음 날도 아이는 집 안으로 들어와 따라다녔습니다 문을 열어 준 적이 없다는 생각에 문득 무서워진 나는 아이를 앉히고 주문을 외웠습니다 그러자 거짓말처럼 아이가 사라졌다가 다시 나타났습니다 아이와의 때아닌 술래놀이를 하는 동안 화단에는 꽃이 찾아오고 비와 눈이 다녀가고 바람이 수시로 창틀을 흔들어 댔습니다 그렇게 아이가 찾아온 지 천 날이 되는 날, 아이의 눈에 고인 푸른 슬픔이 내 안의 슬픔을 깨웠습니다 그제서야 나는 아이를 품에 안고 깊게 울었습니다 잠시 후, 내 품속 아이의 몸을 열고 나온 나비 한 마리 은빛 날개를 펼치며 날아올랐습니다

9분

사망 신고를
하고 왔다 슬픔의 내
건너고 낙망의 길 위를
미아처럼 헤맸으며
허망의 거미줄에 걸려
허덕이다 잠들었고 날마다
다시는 깨고 싶지 않은
아침에 절망했다
웃는 얼굴의 여권을
더 이상 연장할 수 없어도
받을 수 있을 거라 믿었던
주민등록증을 발급받지 못했어도
'김수야'라는 세 글자가 호적에서
사라지더라도
내 생 가득
너인 것을 미련하게도
13년이란 세월을 이고
지고 왔구나
하늘에 적을 두어야 할
너를 이제껏 땅에 적을 두게 한

어미를 용서해 다오

열람한 가족관계증명서에
또렷이 적혀 있는
너의 이름
솟는 울음 죽을힘을
다해 틀어막았다

다 되었습니다

9분이 천 년 같았다

나, 여기 있어요

성장도 못한 채
생략된 나 때문에
울지 말아요

다시 불러올 수 없는 줄 알면서
다시 써 내려갈 수 없는 줄 알면서
버티지 말아요

꽃 피었다고
꽃 졌다고
이파리 무성해졌다고
이파리 물들었다고
눈 왔다고
금세 녹았다고
발 동동 구르며
내일을 지우려 하지 말아요

나, 여기 있어요

햇살 속에

봄비 속에
개나리 진달래 수선화 라일락 망초
물꽃 속에
윤슬 속에

천 년을 떠도는
바람의 몸짓으로
나 여기 있어요

당신의 숨 속에

거기 네가 있네

너를 찾으러 밖을
헤메다 못 찾고
나를 잃을까 염려돼
불현듯 내 안에 드니

거기 네가
있네

옷처럼 생을 벗고 입을 수 있다면

옷처럼 생을 벗고 입을 수 있다면 얼마나 좋을까를 생각
하다가

어쩌면 나는 밤마다 생을 벗어 옷장에 걸어 두는 것은 아
닌지 생각하다가

삼십 년 전에 벗어 놓은 생 꺼내 입으면 소원이 없겠다
생각하다가

갑자기 복받쳐 오르는 설움 한 채 토해 내다가

그 집에 들어 풀피리처럼 울다가

다 해지고 헐거워진 생, 무슨 미련을 두나 생각하다가

석회질에 뻑뻑해진 발목 끌며

산에 오른다

사랑

여섯 살 무렵, 할머니 댁 가는 길에 엄마가 내기를 걸어오셨다 저 고갯마루에 있는 돌탑까지 먼저 당도하는 사람 소원 들어주기, 어때? 무조건요? 그럼! 엄마는 머리에 커다란 보따리를 이고 있었고 나는 꽃 세 송이를 이었다 엄마는 소처럼 걸으셨고 나는 나비처럼 흘러갔다 두어 발짝 먼저 도착한 엄마는 비탈밭의 목화꽃처럼 웃으셨고 나는 시든 해처럼 풀 죽은 얼굴로 주저앉았다 우리 숙이 대견도 하지 자, 소원을 말해 보렴 엄마 소원은 우리 이쁜 딸 소원 들어주는 거란다

강변을 걷다가 불쑥, 너는 내기를 걸어왔어 눈앞 저 다리까지 본인이 제시한 시간에 근사치로 도착하는 사람 소원 들어주기 너는 십 분이 걸릴 거라 했고 나는 오 분이라 말했지 너는 나무늘보처럼 걸었고 나는 타조처럼 걸었어 8분과 6분! 내가 소원을 말하려 하자 빨리 걷는 건 규칙 위반이라며 너는 손사래를 치더군 바보, 네가 원하는 것이 내가 원하는 거란 말이야

추석

나에게 추석은 때때옷이다
엄니가 밤새 지어 준 때때옷 입고
두 번 오름 넘어 할머니 댁에 가는 일이다
6.6% 부족한 달빛 밟고 가다 보면
청등 홍등 주렁주렁 매달아 놓은
감나무 젤 먼저 반기고
천일홍 맨드라미 과꽃
소담스레 키워 낸 앞마당이
삽살개처럼 뛰어나와 반기고
뒤란 대숲 풀벌레 울음은
훌쩍 귓바퀴로 뛰어올라 반긴다

나에게 추석은 때때옷 입고
소나무 가지에 걸린 달빛 훑는 일이다
호롱불 조느라 깜박거릴 때까지 대청마루에 앉아
반죽 치대는 일이다
삶은 풋콩 서너 알에 파릇한 달빛 한 스푼 넣어
수백 개의 반달 빚는 일이다

봄을 갚다

볕 좋은 날 마당귀 평상에서
팔순 엄니 등이 가렵다며
불쑥 돌아앉는다
양회 바른 벽처럼 푸석하고
나목처럼 앙상하다

손바닥으로 어루만져 드린 후
우리 이쁜 순남이, 어부바!
등을 들이밀었다
오이 꼭지처럼 말라비틀어진
엄니의 젖꼭지
등거죽 뚫고
갈비뼈 지나
심장에 박힌다

내 목 끌어안고
좋아라 하는 노모
엄니 등에 업힌 어린 나처럼
금세 새근거린다

옹기

처음
당신은
눈부신 흙이었을 터

하늘과 구름과 달과
별 바라
푸른 꿈 키웠을 터

허씨 문중에 들어와
정한 물 담고 싶었을 터
귀히 여김 받고 싶었을 터

짜고 시고 매운 맛
밴 몸 될 줄
짐작이나 했을까

풍화에 금 가고
색 바래

뒤뜰 구석진 자리

포시시 앉아 흙으로 돌아갈 날
기다리고 있는

찔레꽃

찔레꽃 만개한 봄날이었다
창백한 얼굴로 엄마는

에구, 나 죽으면 우리 향이 불쌍해서 우짤꼬

엄마의 한숨이
찔레 가시처럼 아파
엄마 손에 매달려 폭폭 울었다

그즈음 엄마는
일 년에 두어 번
몸속 꽃씨 발라내며
텅 빈 가슴으로 살았다고

비어지는 몸 추스르며
가물가물 들려주셨다
병실 밖 색 바랜 기와 위로 봄볕
노곤하게 내려앉고
담장 주위로
수천 송이의 찔레꽃이

포말처럼 부서져 내리고 있었다

찔레꽃 향기 앞에 서면
기억은 힘이 세진다
소독 냄새 왈칵, 쏟아진다

발톱을 깎다가

발톱을 깎다가

새끼발가락에 오래 눈이 머문다

말라비틀어진 오이 꼭지처럼 생긴

저것은 어릴 적 연분홍 빛깔로

얼마나 자주 엄마의 입 속을 들락거렸던가

그러나 예순의 나이 이르도록

과체중에 눌리고 두껍고 딱딱한

신발에 시달리는 동안

빛은 탁해지고 모양은 뭉개져

볼 때마다 눈살 찌푸리게 한다

>

허나 곰곰 생각해 보면 육체의 고아 같은

저것은 오랜 세월 묵묵히

자꾸만 기우는 생을 견인해 온

삶의 맏형이 아니었던가

따스운 물 떠다가 붉은 살 돌아오도록

오래오래 문질러 닦으며

그간의 수고를 위무하는 밤

엄마의 웃음소리 우련하게 들려온다

제3부　사랑은 그대를 입고

사랑은 그대를 입고

사랑은 그대를 입고 나를
사는 일인데
나는 그대를 입지 못하여
나를 살지 못하네

사랑하는 이여

나를 입어 주소서
나를 입어 그대를
살아 주소서
그리하여 내가 그대를 살게
하소서
그대를 살며 나를 살게 하소서
매 순간 새로이 태어나
살게 하소서

꽃, 아름다운 상실

　너럭바위에 폭삭 내려앉은 그가 소주와 캔맥주를 꺼내며 말했다 아무것도 묻지 말아 줘 아무것도 여름 내내 치열하게 시들어 온 꽃처럼 바짝 마른 얼굴로 그는 소주병을 비틀어 뚜껑을 땄다 불과 며칠 전이었다 그가 세상을 지우려 한 일은 순식간에 병을 비운 그는 볕을 깔고 눕고 나는 그늘을 끌어다 그의 얼굴을 덮어 주었다 간밤에 내린 비로 계곡물은 탱탱하게 불어 있었다 사랑은 상대의 모든 것을 인정하는 거지 마음에 가두는 것이 아니라 꺼내 주는 일이라는 것을 뒤늦게 알았어 그가 허공을 보며 말했고 나는 젖은 눈을 들어 붉게 물든 계곡을 바라보았다 갈라진 돌 틈으로 뿌리를 내린 쑥부쟁이 하나가 연보랏빛 가을을 나르고 있었다

처음, 그 사랑에서

자작나무 보러 원대리에 갔다
등반 제한 시간에 걸려 되돌아왔다
발치에서 그의 뒤통수만 보고

뒤돌아 온 적 있었다
훤칠한 키에 조막만 한 하얀 얼굴의 그는
도톰한 흰 목폴라를 즐겨 입었다
수많은 표정으로
이야기하길 좋아했던
입가에 걸린 미소는
눈 내린 밤의 자작나무 신음을 닮았었다

다시 자작나무 숲을 찾았고
그의 미소를 보았다
40년 전 몸은 아니지만
그는 여전히
홍안을 그려 내고 있었다

쿠키 명상

해의 살이 푸르게 흘러요. 창가에 앉아 그 흐름을 바라보아요. 내 생의 9분 능선 위 당신을 생각해요. 커피를 내려요. 폐가 풍선처럼 부풀어 오르네요.

커피와 쿠키를 들고 텃밭으로 가요. 당신은 내가 좋아하는 고구마 모종을 열 이랑째 심고 있어요. 옆 이랑에는 며칠 전에 심어 놓은 참외와 수박 모종들이 생글거리며 해의 살즙을 마시고 있네요. 이마의 땀을 훔치며 당신은 바람처럼 웃어요. 나도 따라 풀처럼 웃어요.

나란히 풀밭 위를 걸어요. 당신은 토끼풀로 팔찌를 만들어 내 손목에 채워요. 그런 당신을 보며 나는 여전히 얼굴을 붉혀요. 당신이 즐겨 쓴 오래된 말처럼 이팝나무 아래로 그늘이 자라고 있어요.

손등에 핀 검버섯 어루만지며 당신은 세월의 은혜라 이르고 그런 당신을 그윽이 바라보며 나는 벙그는 말 대신 눈을 감아요. 붉게 노을이 피고 있어요.

인연

바다에서 건져 온 새우에
굵은소금 뿌려 토굴에 넣는다

토굴의 온도는
15도와 17도 사이

곰삭을수록 감칠맛을 낸다

생의 바다에서 건져 올려진
너와 나의 알 것
곰삭으려면 몇 도면 될까
숙성될수록 착착 엉기고
곰삭을수록 감칠맛 나는

인연이란
관계가 곰삭는 일이다
오래도록 우리로
섞여 발효되는 일이다

당신만의 별이 될래요

얼마나 헛된 맹세인가
생은 헛된 것들의 환희
생을 얻은 순간부터 죽음이 와 살듯
배반을 잉태한 사랑 속에서
온통 행복해하고
온통 우쭐해하고
도무지 슬픔을 모를 것처럼

저 눈부신 햇살
많이 쏘인 이파리일수록
붉음 먼저 와 지듯

환희의 총량과 비례하는 고통의 총량

그래도 그대 속살거릴 것인가
당신만의 별이 될래요

사랑

어스름 산길
얇은 어둠 입고 파르르
떨고 있는 붓꽃
집으로 데려와 빛을 입혔다

그렇게 며칠

시들해진 붓꽃
뚝, 고개를 꺾는다

사랑은
번득이는 떨림
가라앉을 때까지

기다려 주는 일이다
처음 자리에 두는 일이다

괄호의 시간

어느날 이후
나는 진공의 시간에
갇히게 되었다

결혼해서 아내가 되었고
아기를 낳아 엄마가 되었고
그가 쌓아 올린 성에 들어가 그만의
여인이 되었다

그가 쳐 놓은 괄호 속 세상

본문의 각주 같은
편편片片의 시간들

그는 나의 문장이었고
나는 그의 주석이었다

길

개포동 입구의 길은
한 송이 장미 때문에 왼쪽으로 굽었다지*
내 여생의 길은
단 한 사람 때문에 오른쪽으로 굽었네

나는
슬픔도 왼쪽으로 내었고
그리움도 왼쪽으로 내었고
사랑도 왼쪽으로 내었는데

어쩌나
오른쪽으로 굽은 여생을

생이 생을 바라듯
죽음이 죽음을 바라는

햇살 한 줌 뜯어 무릎 위에 펼치고
새 한 마리 앉힐 수 있다면
슬픔도 그리움도 사랑도
다시 용기 낼 수 있으려나

>

오후 세 시의 그늘이 희미하게 난 길마저 지우고 있다

＊ 오규원의 「개포동과 장미」에서.

화이트 앤 블랙

그랬다
오두막 자그마한 창가로
엄지손톱만 한 이파리 하나
파르르 떨고 있을 때
공중은 아마도 설레고 있을 거야
라고
생각하다가 설레다가 쿵,
갑자기 쏟아지는 눈물
슬픔은 아름다움의 원천이었다

얼마 전 지인 장례식에 다녀왔다
판에 박힌 장례식장 대신
평소 즐겨 찾던 유기농 전문
식당으로 지인들을 초대해
대접하고 싶다는,
조의금도 받지 말라는 고인의
유언을 전하는 열일곱 살 상주의
눈에 고인 미소가 박꽃처럼 환했다

꽃노을 속 벚꽃 잎이 하르르 내리고 있었다

>
그래, 허공 하얗게 피어오르는 어느 봄날
하얀 커튼에 하얀 무명 테이블보를 깔고
지인들을 초대하는 거야
그날의 의상 컨셉은
화이트 앤 블랙
소맥에 시 낭독하며 카더가든의
〈명동콜링〉도 부르는 거야
머지않아 일어날 일이 별것 아닌 것처럼
사전 장례식을 하는 거야

눈부신 소멸에의 비망非望

겨울을 살아 낸 갈대들
요란하게 춤추며 봄 안으로 들고
너머 저수지는
가슴 한복판에서부터
갓 태어난 윤슬 키우고 있다

향연香煙

영정 사진 주위 맴도는
연기를 보며
향연饗宴을 떠올린다
바쁘게 사느라
만나지 못한 사람들
울며 웃으며 떠들썩하니
잔칫날 같다

상주석 말미 어린아이
셋 봄나들이 나온
병아리들처럼 엎치락덮치락
서로 기대 졸고 있다
만면에 도는 미소
눈가엔 어룽진
눈물 자국들

압화

늦은 밤
조카로부터
전화가 왔다.
새벽녘 욕실에서
넘어진 엄마가 위독
하다고. 신을 신는
둥 마는 둥 신촌
세브란스로 달
렸다. 언니는
방금 진
동백꽃처럼
싱싱하게 누워
있었다. 잠시 후
몸에서 붉은 피를
끌어내자 언니는 금세
압화처럼 빛을 잃었다.
순간 울음이 우르르
쏟아졌다. 언니를
배웅하고 돌아온
날 밤, 책상 한

편에서 창백

한 얼굴로

바라보는

막스

피카르트의

침묵의 세계를

끌어안고 울었다.

언니에게서 받은 책

속에는 숱한 시간과 정

성과 염원과 함께 부피와

무게를 잃은 압화 몇이 누워

있었다. 오랜 시간을 견뎌

내게로 왔을 저 처연한

상기. 바싹 마른 그림

자가 조심스레 몸

을 일으켰다

그날 밤 나는 생의 책갈피 속에 생생한 언니를 끼워 넣었다.

어떤 시인
—이성선 시인에 부쳐

    무엇 하나 건드리지 않고 세상을 건너고 싶은 시인은 산으로 들었다 산으로 들어 산이 되었다 어릴 적 살던 집 살문에 그림자 벗어 걸쳐 두고 적요한 햇살에 은은히 콧노래 부르며 도저한 달빛에 춘심 적셔도 보고 살문에 걸린 벌레 소리에 시문 지으며 그들처럼 아무것도 건드리지 않고 살고 싶었다 삶과 죽음의 분별 놓고 싶었고 무無에 몸을 맡겨 자신을 쓸어 내고 싶었다

    바람 불던 어느 봄날
    그는 하늘을 향해 첫소리로
    마지막을 울었다
    서쪽으로 빠져나간 길 위에
    소 발자국 하나 고요하게 찍혀 있었다

백일홍

그녀는 꽃무늬 원피스에
꽃무늬 두건을 쓰고 강촌에 갔다
어린 날 추억 웅성거리는 그곳에서
혼불 피우리라

유방에 뿌리 내린 암세포
뼈와 뇌까지 번져
기도원에 요양원까지
안 가 본 곳이 없었다

길어야 백 일입니다
마지막 선고를 받고서야
환해진 얼굴

고통의 끝이 환희였다니

풀벌레 울음
피었다 지고
찬송 소리
가늘게 흔들리고

>
오래된 물음
그녀의 여름에 성호를 긋는다

임종

볕과

바람과

물과 흙에

제 몸 내어 줄

차비를 한다

시간의 아귀에서

올올이

풀려나고 있다

벚꽃 잎들

환―히

＞

지

고

있

다

문상

사람은
죽어 과거를 입고
살아 과거를 벗는다

지금 나는
확고해진 과거를 만나러
장례식장에 간다

발인

임실 깊은 산골짝에서 태어난 그이가

이름조차 없던 풀꽃 같은 그이가

깊고 푸른 사내 만나 열 자식 키우며 억세진 그이가

한 세월 억척 피우며 그악스럽던 그이가

서리 맞은 풀포기 밟으며 가네

임실댁이었다가 통영댁으로

한때는 풍성한 어장이기도 했을

빈약한 젖무덤 풀어 놓고

뉘엿뉘엿 바다를 향해

제4부 소리를 지운 말꽃들

말꽃

    퇴근길 전철에서 졸다 깨니 옆에 앉은 아이가 손을 쉼 없이 움직이며 웃는다 손끝을 따라가니 아빠가 만면에 미소 띤 채 수신호를 보낸다 핑퐁 게임 하듯 좁은 전철 안에서 어슷하니 마주 앉아 주고받는 수화라니! 나는 자리를 바꿔 주려고 일어서려다 말았다 소리를 지운 말꽃이 육십 촉 알전구처럼 환히 피었다

아홉 살 일기

나는 글씨를 잘 못 쓴다
삐뚤빼뚤 제멋대로다

마음도 삐뚤빼뚤
제멋대로 화를 내고
제멋대로 웃고 운다

한번은 수학 평가에서 백 점을 받았다
엄마가 너무 좋은 나머지
나를 올백점이라 부른다
그래서 다음 시험은 일부러 틀렸다
엄마가 기쁜 게 싫어서다
나는 그냥 엄마가 좋은데
엄마라서 좋은데
엄마에게 나는
그냥 나는 없고
백 점이거나 빅뱅이다

불과 삼 년 전
엄마에게 나는

마냥 좋은

햇살이었고

똥강아지였고

붕어빵이었다

여름 방학

불안을 껴입고

그네에 앉아 있다

아이의 몸은 풍선처럼

부풀어 올라 뒤뚱거린다

그네가 아이를 놓친다

sweet future를

등판에 새긴 승합차가

아이를 태우고

총총이 사라진다

그네 아래

\>

아이가 뜯어 놓은 불안이

함부로 나뒹굴고 있다

욕을 부르는 아이

초등 3학년쯤으로 보이는 아이가
입 안의 소리를 조몰조몰 되새긴다
아이야
무엇이 그리 맛있니
아이의 낯빛이 환해지더니
눈을 반짝인다
나만의 욕을 만들고 있어요
아이는 조금 더 큰 소리로 자신 있게 말한다

ac bc ec ic jc xc yc……

욕하는 아이가 멋있단다
공부만 잘하는 아이는 바보 같단다
착한 아이는 재미가 없단다

아이야 어둠은 어둠으로 어둠을 밝힌대*

언제가 될지 모르지만
바뀌어 가는 자신의 생각을
존중해 주렴

>

아이의 욕에 음표를 입혀 주었다

ac   jc

  bc ic xc

    ec.   yc……

아이의 이글거리던 눈빛이

새벽 골짜기 샘물처럼

맑게 흔들린다

* 오규원의 「우리 시대의 순수시」에서 발췌.

분재

어린 소나무를
칼집 내어 비틀고 꺾고 휘고
노끈으로 묶고 철사로 조여
노송의 형태 만든다 해서
그 나이테가 수백 개에 이르겠는가

노송 가슴속
내쳐 동글리는 울음과
수심과 회한과 겸허를
흉내인들 담아내겠는가

혹 나도 아이 위한답시고
비틀고 꺾고 휘고 조여
마음에 칼집 내진 않았는지

책상에 엎드려
잠든 딸 깨우려다 말고
조심스레 안아 침대에 누인다

욕을 장전하다

작달막한 보신탕집 그이는 욕쟁이다 누구든 그이의 혀 위에 올려지면 내리치는 욕에 온전히 돌아갈 수 없다 그이의 욕은 반짝이 옷보다 현란해서 아찔할 정도다 한번은 이런 일이 있었다 육십 대로 보이는 사내가 가게 담벼락에 오줌을 누었다 칼질하던 그이가 시퍼런 부엌칼을 들고나와 냅다 욕을 끼얹었다 야 이 씨부랄 ×아 밥 처먹고 할 일이 그리 없더냐 어데 와서 지르고 지×이여 깜짝 놀란 사내가 얼른 바지춤을 추스르자 그이는 더 큰 소리로 쐐기를 박았다 야 이눔아 바지 내려 봐라 내 다시는 그 짓 못 하게 싹뚝 잘라 줄 끼다 그날 이후 그 사내는 뒤통수도 뵈지 않는다며 욕쟁이가 된 사연을 들려준다 삼십 어름부터 밥집을 하던 그이는 유난히 가슴이 컸다 밥 먹으러 온 사내들의 손이 함부로 와 주물러 댔다 하루는 경찰서에 신고를 한 후 울고 있었더니 늙수그레한 경찰이 아지매 울지 말고 욕을 하이소 하더란다 그날 이후로 혼잣말처럼 욕을 연습했다며 칼칼댄다

요즘 나의 꼬마 신사도 욕 연습 중이다 스쿨버스에서 내리자마자 입 안에서 조물조물 주무르고 있던 욕을 수제비 반죽 끊어 내듯 뚝뚝 세상 속으로 내던진다 살아 내기 위한 치열한 연습이다

부자

바람나 이십 년 세월 집 나갔다 돌아온 늙은 남편 병시중
들며 시어머니까지 건사하는 B가 새벽부터 밤늦도록 곰탕
집의 뜨겁고 무거운 돌솥 나르고 씻어 내고 커다란 대야에
갖은 김치 담가 내며 받는 월급은 이백오십여 만 원 월급의
절반은 선교 헌금으로 보내고 막 첫 시집을 출간한 친구를
응원하기 위해 시집 20권을 주문한다

파꽃

　열다섯에 무일푼으로 상경한 그는 북가좌동 무허가 판자
촌에 살면서 남들보다 이른 새벽 난지도 파밭에서 파를 떼
어 와 시장에 내다 팔며 공부를 했다 차비를 아끼느라 걸어
다녔고 밥값도 아까워 해장국집 일 도우며 끼니를 해결했
다 그렇게 파를 판 돈을 밑천 삼아 마침내 큰 부호가 된 그
는 전 재산을 모교에 기부하였다 파 속처럼 욕심을 비운 그
의 일평생이 생의 꽃대 위에서 하얗게 피었다

애벌레

보섭살을 쌈 싸 먹으려 집어 든 상추에
애벌레 한 마리 꿈틀거린다.
징그럽다며 어린 딸은 펄쩍 뛰었고
나는 더 놀란 척했지만
기실 가장 놀란 것은 애벌레였을 터
상추를 요람 삼아 잠들어 있다 깼거나
한 끼니 밥 구하러 나왔다가
때아닌 지변을 만났을 터

불쑥 소말리아 난민 소년의
검은 눈동자가 떠올라
상추 이파리에 조심히 싸 들고
가까운 텃밭에 가
놓아주었다

퇴근길

　선로 변에 줄 선 사람들이 목을 길게 늘어뜨린 채 핸드폰을 들여다보고 있다
　단두대에 올려진 목 같다

생업

　절구 밑으로 꾸물꾸물 기어 나온 민들레꽃이 흙먼지 뒤집
어쓴 채 씨방을 만들고 있다

　문명에 밀려 갈 곳 없는 까치가 건물 9층 에어컨 실외기
뒤에 몸 풀 곳을 마련하고 있다

　강안 수풀 속 투망하는 거미는 오늘도 허탕을 짚고 있다

　강 건너 고층 빌딩 유리창에 거미처럼 착지한 사내들이
물에 만 유리를 한나절 내내 먹고 있다

　해종일 밭일하고 돌아온 엄니
　손에 들린 늙은 호박 같은 주홍빛
　저녁이 하나둘 붉고 푸른
　별들을 담아 내오고 있다

꽃무릇(石蒜)

열일곱에 시집가
스물에 포화 속 남편 잃고
유복자 하나 키우며
산 세월 삼십 년

어두운 3시에 일어나
부처님 마지를 시작으로 스님들 공양
대중들 공양 재 진수 만들기 등속
절집 공양간 살림 하다 보면
또 어둠이 와서 반기던
세월이 십 년

오늘은 수계식이 있는 날
그녀의 어깨 너머로

한 송이 꽃무릇이
바르르 떨며 꽃잎
열고 있다

여고 동창

혁, 웬 오르가슴? 칠레에서 살다 온 친구가 호들갑을 피
운다 무슨 말이야? 저어기 오르가슴이라고 쓰여 있잖아 서
대문구청 뒤편 안산 입구에 있는 오름 카페를 두고 한 말이
다 우리는 진달래처럼 붉히며 박장대소했다 몇 년 전엔 사
촌들과 길을 가는데 콘돔약국이 있는 거야 깜짝 놀라 야단
을 떨었는데 큰-곰-약국이었어 그 친구 킬킬대며 덧붙이
자 일본 여행 중 상행위 가능이라는 가이드의 설명에 성행
위가 가능하다고? 라며 동료 교수한테 장황하게 일본을 비
웃다 놀림거리 되었다며 현직 교수인 친구도 한몫 거든다

뉘엿뉘엿 해는 서녘으로 꼬리 감추고
어두운 길 몸통 쫓아가다 보니
'초대'라는 밥집이 나온다
얼마 전 이쁜 며느리 들인 친구와
사무관으로 승진한 친구가 밥을 샀다

열여덟 소녀로 갈아입은
중년들 수다 질펀히 풀며
30년산 눈물 콧물 나눠 마신다

>
안산 기슭
봄밤의 꽃들도
꽁꽁 싸매 둔 봉오리
다투어 풀고

담쟁이

늦가을 담벼락
꾹꾹
지문처럼 찍어 놓은
한해살이 이력들
죽기 살기로 붙어 있다

전쟁 통에 지아비 잃고
오 남매 억척스레 키워 낸
팔순 너머의 백모
시나브로 지워지는 기억들
안간힘으로 붙들고 있다

재래시장에 들어서면

말캉한 참외 냄새
달큰한 복숭아 냄새
쌉쌀한 푸성귀 냄새
들큰한 칡뿌리 냄새
고소한 튀김 냄새
달짝지근한 건과일 냄새
감칠맛 도는 짜장 볶는 냄새
콤콤한 청국장 냄새
짭짜래한 명태 냄새
시금털털한 막걸리 냄새
비리치근한 새우젓 냄새

냄새들
전깃줄 위 참새 떼처럼
지줄대다가
일시에 날아오른다

재래시장에서는
냄새들이 호객 행위를 한다

겨울나무

겨우내 입덧을 하는지
뼈 앙상해지고
피부는 모래 끼얹은 듯 까끌해졌다

바짝 귀 기울이면
댕그랑댕그랑
한가히 긋는 풍경 소리

머지않아 날 풀리면 야윈 몸 열어
연초록 생명들 휘황하게
쏟아 낼 그녀

오늘은
설의雪意 머금은 하늘 보며
묵상에 들었다

겨울 계곡

물의 횡격막 사이
나뭇잎들의 절규
얼어붙은 채
빠져나오지 못한다

저 발칙한 고요

거칠어질 대로
거칠어진 물의 살
파고드는 산새 울음

고요를 찢는다

물기 없는 시간들이
핑핑 얼음 지치며
아청빛 겨울 건너고 있다

해 설

온 세상을 품는 '1인칭'의 세계
—허향숙 시집 『오랜 미래에서 너를 만나고』에 대하여

김재홍(시인, 문학평론가)

인간은 누구나 자신이 알 수 없는 시간, 알 수 없는 공간에 '툭' 하고 떨어진다. 무한한 가능성의 '존재'(être)가 단 하나의 몸을 얻는 '존재자'(étant)의 탄생을 우리는 홀로서기라 부른다. 그것은 "존재자가 '존재함'을 자신의 것으로 떠맡는"(레비나스, 『시간과 타자』) 사건이다. 인간은 누구나 '홀로' 살아간다.

그러므로 모든 존재자는 고독하다. 그것을 우리는 본능적으로 느끼며 살아간다. 고독은 가난이 아니며 외로움이 아니며 슬픔이 아니다. 그것은 경제학적인 것도 아니고 사회학적인 것도 아니며 심리학적인 것도 아니다. 우리는 태어나는 순간 고독의 옷을 입은 것이다.

인간이 때로 다투고 싸우면서도 함께(ensemble) 살아가야 하는 이유는 고독하기 때문이다. 우리는 서로 너무나 다르지만 어울려 살아가야 한다. 고독이 인간의 탄생 조건인 것처럼 공동체 또한 생존 조건이다. 우리가 속한 많은 공동체들은 따라서 서로가 서로의 고독을 바라보며 '삶'을 가능케 하는 근거이다.

그런데 어느 날 고독에 지친 공동체의 일원이 세상을 떠난다면? "열여섯 번째 봄을 뒤로하고 와병 백일 만에 생을 벗어놓은 채 영영 돌아오지 않는"(허향숙, 『그리움의 총량』)다면? 더는 함께할 수 없는 그/그녀의 빈자리가 뼈에 사무친다. 더욱이 그/그녀가 혈육이라면, 내 피를 물려받은 자식이라면 아픔이 끓어넘쳐 각혈로 이어지리라.

그리움의 총량

허향숙 시인의 첫 시집은 『그리움의 총량』이다. 거기 표제시에 이런 시구가 있다. "내 그리움의 총량은/ 의식과 무의식의 총체다". 그렇다. 급성 백혈병을 앓다가 급히 세상을 떠난 '큰 딸 수야'는 시인의 가슴에, 온몸에, 온 마음에 강렬한 그리움의 빗금을 그었다. 울음으로도 달랠 수 없고 날마다 산에 올라도 떼어 낼 수 없는 그리움의 총량은 무한이다. 그러므로 "옷처럼 생을 벗고 입을 수 있다면 얼마나 좋을까"(『시인의 말』)라고 탄식했던 것이다.

비의 비상은 떨어짐이다

떨어져
꽃을 피우는 일이다

변곡과 변속의 시간들

여인에서 아내로,
엄마로, 망자의 어미로,
시인으로
설렘과 기쁨과 한탄과 설움과
그리움의 시간들

날아오른 기억보다
엎어진 기억이 더 많은

떨어져 깨지고 나서야 피는
순간의 꽃

비는 견자처럼
아래로 아래로 비상한다

—「비의 비상」 전문

　　여기서 '날아오름'과 '떨어짐'의 의미는 역전된다. 떨어짐
으로써 비상하는 '비'의 존재론적 속성을 예리하게 간파하고
있는 이 작품은 시인의 생애를 몇 마디 단어로 압축하면서도
"그리움의 시간"이라는 일관된 존재자의 고독의 편린들을 묘

사하고 있다. "망자의 어미"라는 시어가 읽는 이의 내면에 날카롭게 파고든다.

고독한 삶의 변곡점들, 혹은 시선점들(라이프니츠). 여인, 아내, 엄마, 시인…… 그리고 또 다른 수많은 관점들. 존재자는 고독한 삶 속에서 수많은 시선점들을 경험하게 되지만, "망자의 어미"라는 관점은 시인에게 가장 강도가 높은 사건일 수밖에 없다. 그것은 가혹하고 혹독한 관점이다.

그런데 앞선 시집에서 보여 준 '그리움'을 넘어서는 새로운 지평이 보인다. "아래로 아래로 비상한다"는 깨달음 속에 '날아오름'과 '떨어짐'이 뒤바뀐다. 그것은 단순한 의미상의 역전이 아니다. 두 가지 상반된 현상이 결국은 하나의 의미로 수렴되는 것이다. 그것은 나누기가 아니라 더하기이며, 대립이 아니라 통합이다. 그것은 궁극적으로 대긍정의 지평으로 나아가는 일이다.

「비의 비상」은 "떨어져 깨지고 나서야 피는/ 순간의 꽃"이라는 새로운 관점을 제시함으로써 이 시인이 한 차원 깊은 통각의 세계에 도달했음을 시사하고 있다. 그렇지 않은가. '존재자'가 고독하다면, 그것을 본질적으로 해소하는 유일한 길은 '존재'로 상승하는 일이 아니겠는가. 지긋지긋한 고독의 시간을 벗어나 진정 무한의 자유를 구가하려면 우리는 이 몸을 벗어던져야 한다.

'순교'가 곧 '구원'이라는 역설이 성립하는 가톨릭 교리와 마찬가지로 죽음은 슬픔이 아니라 고독으로부터의 해방이다. 비록 죽음은 우리들 '고독 공동체'에서 불현듯 떠나는 일

이지만, 그래서 우리는 모든 죽음을 슬퍼할 따름이지만 그것
은 이별을 슬퍼하는 것이지 어떤 절대적 절망에 이르는 것은
아니다. 바로 이 지점이 작품을 통해 현상학적 고독의 존재
론에 도달한 허향숙의 통찰이라고 할 수 있다.

살아 있는 것들은 절정의 순간부터 시들기 시작한다

아름다움으로부터 아름다움이 시들고
욕망으로부터 욕망이 시들고
환희로부터 환희가 시든다

오, 생명이여!

절망으로부터 절망이 시들기를
슬픔으로부터 슬픔이 시들기를
죽음으로부터 죽음이 시들기를
　　　　　　　　　　　　　—「살아 있는 것들은」 전문

매우 리드미컬한 음악적 율동감이 느껴지는 이 작품에서
도 상승과 하강의 역전된 의미는 변주된다. 상승은 언제나 절
정에서 하강으로 이어진다. 그렇다면 둘은 분리되지 않는 하
나의 현상이다. '살아 있는 것들'에게 탄생과 죽음이 끊어지
지 않는 하나의 연쇄이듯, 상승과 하강은 그렇게 '살아 있음'
의 본질을 이룬다. 여기서 상승은 하강(제2연)이며, 하강 또
한 상승(제3연)이다.

'아름다움'에서 아름다움이 시드는 하강이 있다고 해서 슬퍼할 것은 없다. 그와 마찬가지로 '절망'으로부터 절망이 시드는 순간이 있기 때문이다. 슬픔에서 슬픔이 시들고, 죽음에서 죽음이 시드는 순간이 있다. 상승과 하강은 꼭대기가 뾰족한 첨두아치 위에서 서로 교차하면서 하나의 존재에 포함된 두 가지 양상을 함축한다. 그렇다면 '그리움의 총량'은?

역시 무한일 터이다. 시인은 지금 인간 존재('살아 있는 것들')의 모순적인 양상을 날카롭게 인식하면서도, 바로 그렇기 때문에 우리가 결코 벗어날 수 없는 수동성(파토스)을 주시하고 있다. '큰 달 수야'와의 이별 이후 지난한 시적 사유의 성과라고 할 수 있는 이 같은 존재론적 깨달음 속에서도 허향숙은, 우리가 왜 그리워하며 살아가는지, 왜 인간이야말로 그리움의 존재인지 일깨워 주고 있다.

'2인칭' 아니라, '1인칭'

"모나드는 타자가 출입할 수 있는 창문들을 가지고 있지 않다."(라이프니츠) 모나드는 하나다. 그러나 모든 것을 품고 있는 하나다. 온 세상을 모두 포함했으므로 타자가 출입할 수 있는 창을 필요로 하지 않는다. 하나 안에 모든 것이 포함되어 있고, 모든 것이 하나 안에 들어 있다. 외부가 필요 없는 모나드의 완벽한 내부성은 세상의 모든 가능성을 주름과 펼침의 운동으로 만든다.

내 안에 내가 주름져 있고, 내가 펼쳐져 세상이 된다. 네가 없는 모나드는 오직 '1인칭'이다. '2인칭'이 없기 때문에 '3인칭'도 없다. 모나드는 물론 대립과 부정을 무너뜨리는 대긍정의 형이상학이지만, 우리는 허향숙의 "푸른 별"의 이미지 속에서 이를 다시 만난다. '아이'의 머리를 밀고 나니 '나'의 '파르라니 깎은 머리'가 나타난다.

비록 아이는 "가장 밝게 빛나는 푸른 별"을 향해 떠났지만, 그 봄밤의 아이는 결코 떠나지 않았다. 아이는 다시 접혀 내 안에, 내 가슴에, 내 혈관 속에 들어왔다. 또한 「푸른 별」로 펼쳐져 세상 모든 '1인칭'들의 영혼에 짙은 공감의 빛을 내려주고 있다. 아이와 함께 "푸른 별"이 빛나는 우주는 칼 세이건과 보이저호와 달리 더 이상 창백하지 않다. 그러므로 "우리는 엉엉 웃었다"와 같은 득의의 표현은 '1인칭'의 세계에서만 누릴 수 있는 역설이리라.

급성백혈병이라는 진단을 받았다
아이는 달개비꽃처럼 떨고 있었다

원인도 알 수 없을뿐더러
이 병에 걸릴 확률은 번개 맞을 확률이라며
인턴은 바리캉을 들이대며
위로랍시고 말했다
나는 인턴에게서
바리캉을 뺏어 들어
아이의 머리를 민 후

쓰고 있던 모자를 벗었다
간밤에 파르라니 깎은 내 머리를
아이는 오래도록 바라보았다
우리는 엉엉 웃었다

봄밤이었다
가장 밝게 빛나는 푸른 별 향해
아이가 홀로 떠난 날은

　　　　　　　　　　　　　—「푸른 별」전문

이처럼 "푸른 별"은 따뜻하다. 슬프면서도 따뜻하다. 시인
의 도저한 깨달음과 같이 세상의 모든 '어머니'와 '딸'은 '1인
칭'이다. 어머니의 바깥에 딸이 있고, 딸의 외부에 어머니가
있는 게 아니다. '어머니'와 '딸'의 완벽한 내부성, 지상의 모
든 행복의 근거가 여기에 있다. 이러한 일치가 있어 우리는
어머니에게 기대고 딸에게 어깨를 내어 준다.

　그렇게 아이가 찾아온 지 천 날이 되는 날, 아이의 눈에
고인 푸른 슬픔이 내 안의 슬픔을 깨웠습니다 그제서야 나
는 아이를 품에 안고 깊게 울었습니다 잠시 후, 내 품속 아
이의 몸을 열고 나온 나비 한 마리 은빛 날개를 펼치며 날아
올랐습니다

　　　　　　　　　　　　　—「천 일의 꿈」부분

그렇지 않은가. 여기서 우리는 '나'와 '아이'의 완벽한 일
치 속에서 슬픔과 슬픔이 호응하고, 울음과 나비의 은빛 날

개가 서로의 터전이 되어 주는 행복한 '1인칭'의 세계를 목도
하게 되는 것이다.

  '1인칭'의 세계는 '아래'로만 연결된 게 아니라 '위'로도 이어
진다. "거울을 열고 들어가니/ 거울 안에 어머니가 앉아 계시
고/ 거울을 열고 다시 들어가니/ 그 거울 안에 외할머니 앉으
셨고/ 외할머니 앉은 거울을 밀고 문턱을 넘으니/ 거울 안에
외증조할머니 웃고 계시고"(김혜순, 「딸을 낳던 날의 기억」)와 같이
모든 어머니들은 하나이고, 모든 딸들도 하나이다.

> 처음
> 당신은
> 눈부신 흙이었을 터
>
> 하늘과 구름과 달과
> 별 바라
> 푸른 꿈 키웠을 터
>
> 허씨 문중에 들어와
> 정한 물 담고 싶었을 터
> 귀히 여김 받고 싶었을 터
>
> 짜고 시고 매운 맛
> 밴 몸 될 줄
> 짐작이나 했을까

풍화에 금 가고
색 바래

뒤뜰 구석진 자리
포시시 앉아 흙으로 돌아갈 날
기다리고 있는

—「옹기」 전문

'옹기'는 어머니다. 정확히 말해 어머니의 용기用器다. 옹기는 어머니와 함께 한 생을 살다 간다. 그것은 때로 어머니에게서 어머니로 이어지고, 딸에게서 딸로 이어진다. 옹기는 옹기를 필요로 하는 모든 이와 함께 하나가 된다. 옹기와 어머니의 완벽한 내부성, 작품은 이를 매우 충실하게 표현하고 있다.

옹기는 흙에서 태어나 흙으로 돌아간다. 처음 빚어져 하늘과 구름과 달과 별을 바라 "푸른 꿈" 키웠고, 무르익어 정한 물 담아 귀히 대접받고 싶었다. 그러나 세상 풍파 신산 고초를 겪다 금 가고 색 바랜 끝에 시난고난 앓다가 흙으로 돌아간다. 옹기와 어머니의 1인칭은 아래로만 이어지는 게 아니라 이처럼 위로, 위로 올라간다.

어머니와 어머니가 1인칭이 되고 딸과 딸이 1인칭이듯이, 옹기와 함께 수저와 함께 국자와 주걱과 찬합과 찬장과 함께 세상의 모든 최대화는 '1인칭'의 연쇄이리라.

"나를 입어 주소서"

'1인칭'의 세계에선 어떤 사랑도 나르시시즘이 아니다. 타자가 없는 세계에서 모든 사랑은 자기애自己愛이다. 네가 없으므로 너를 사랑할 일이 없고, 그/그녀가 없으므로 그들을 사랑할 필요가 없다. 그러므로 "사랑은 그대를 입고 나를/ 사는 일"이다. 온 세상을 품는 허향숙 식의 사랑의 외연은 이렇게 최대화 · 최다화된다. 이것은 대긍정의 사랑의 윤리학이다.

> 사랑은 그대를 입고 나를
> 사는 일인데
> 나는 그대를 입지 못하여
> 나를 살지 못하네
>
> 사랑하는 이여
>
> 나를 입어 주소서
> 나를 입어 그대를
> 살아 주소서
> 그리하여 내가 그대를 살게
> 하소서
> 그대를 살며 나를 살게 하소서
> 매 순간 새로이 태어나

살게 하소서

—「사랑은 그대를 입고」 전문

보다시피 '1인칭'의 사랑의 윤리학은 또한 "매 순간 새로이 태어나"는 창조적 생성이다. 내가 그대를 입지 못한다고 하여 절망으로 추락하는 게 아니라 그 순간 그대가 나를 입어 나를 살게 하는 생성이다. "인간은 영원히 되돌아오는 것"(니체)이다. 창조적 세계를 살아가는 모든 존재자는 사랑을 통하여 영원히 회귀한다. 현상학이 말하는 탄생과 죽음의 통섭이 '1인칭'의 세계에서 다시 한번 돌아옴을 본다.

허향숙의 최대화·최다화는 공간적 확장만 의미하지는 않는다. "슬픔은 아름다움의 원천"이라고 말하는「화이트 앤 블랙」에는 판에 박힌 장례식장 대신 평소 즐겨 찾던 유기농 전문 식당으로 지인들을 초대해 대접하고 싶다는 고인의 '유언'을 전하는 열일곱 살 상주가 등장한다. 그의 눈에는 눈물이 아니라 '박꽃' 같은 환한 미소가 고여 있었다. 그러면서 이렇게 이어진다,

> 그래, 허공 하얗게 피어오르는 어느 봄날
> 하얀 커튼에 하얀 무명 테이블보를 깔고
> 지인들을 초대하는 거야
> 그날의 의상 컨셉은
> 화이트 앤 블랙
> 소맥에 시 낭독하며 카더가든의

〈명동콜링〉도 부르는 거야
머지않아 일어날 일이 별것 아닌 것처럼
사전 장례식을 하는 거야

눈부신 소멸에의 비망非望

겨울을 살아 낸 갈대들
요란하게 춤추며 봄 안으로 들고
너머 저수지는
가슴 한복판에서부터
갓 태어난 윤슬 키우고 있다

　　　　　　　　　　　—「화이트 앤 블랙」 부분

그야말로 "눈부신 소멸에의 비망"이다. 지인의 죽음을 자신의 그것으로 치환하고, 지인의 장례식 풍경을 자신의 그것으로 동화시킨다. "화이트 앤 블랙"은 조문객을 받는 빈소의 색상이다. 대립되는 두 색을 동일한 공간에 배치하는 것만큼 모순의 극대화도 없을 터이다. 하지만 시인은 춤을 추면서 "갓 태어난 윤슬"을 보고 있다. 이처럼 사랑의 윤리학은 삶과 죽음을 매개로 시간적으로도 영원을 지향한다.

　1인칭의 사랑은 공간적으로 무한하고, 시간적으로 영원하다. 때문에 향연香煙은 향연饗宴이 될 수 있는 것이다. 장례식장이 연회장이 되고, 초상집이 잔칫집이 되는 원리는 사랑에 있다. 상주석 말미에 "병아리들처럼" 엎치락덮치락 서로 기대어 졸고 앉은 어린아이들에게 '미소'와 "눈물 자국"이 공존

할 수 있는 이유도 사랑이다. 사랑이 사랑을 만나 사랑을 낳고, 다시 사랑이 사랑을 만나 사랑을 낳는 섭리의 시적 표현이 허향숙의 최대화 · 최다화에 보인다.

> 영정 사진 주위 맴도는
> 연기를 보며
> 향연饗宴을 떠올린다
> 바쁘게 사느라
> 만나지 못한 사람들
> 울며 웃으며 떠들썩하니
> 잔칫날 같다
>
> 상주석 말미 어린아이
> 셋 봄나들이 나온
> 병아리들처럼 엎치락덮치락
> 서로 기대 졸고 있다
> 만면에 도는 미소
> 눈가엔 어룽진
> 눈물 자국들

—「향연香煙」 전문

다시 '사랑'을 위하여

가령 이런 꽃이 있다. 소리 없이 피어나는 '말의 꽃'이다. 때문에 어떤 가공할 소음 속에서도 그 꽃은 명징한 색을 발한다. 언제든 어디에서든 꽃말을 전하는 말꽃의 신비는 퇴근길 전철 안에 있었다. 아이와 아빠의 말꽃이 환하게 피어 복잡한 열차 안을 따뜻하게 밝혀 주는 풍경이다.

> 퇴근길 전철에서 졸다 깨니 옆에 앉은 아이가 손을 쉼 없
> 이 움직이며 웃는다 손끝을 따라가니 아빠가 만면에 미소 띤
> 채 수신호를 보낸다 핑퐁 게임 하듯 좁은 전철 안에서 어슷
> 하니 마주 앉아 주고받는 수화라니! 나는 자리를 바꿔 주려
> 고 일어서려다 말았다 소리를 지운 말꽃이 육십 촉 알전구처
> 럼 환히 피었다
>
> —「말꽃」전문

누대를 이어 내려온 우리들 고독한 존재자의 사랑의 습속이 우리를 살게 하고, 공동체를 살게 하고, 우주를 살게 한다. 허향숙이 바라보는 일상의 표정들 속에는 그가 도달한 고독의 존재론과 사랑의 윤리학이 곳곳에 스며들어 있다.

세상의 최대화·최다화에 이르는 시적 도정에서 그가 앞으로 어떤 꽃들을 만나게 될지 사뭇 궁금하다. 그것은 아마 "길을 가다 보면// 나를 알지 못하는/ 나를 만"(「상실을 살다」)나는 것과 같은 1인칭의 꽃일 것이다. 우리는 모두 상실을 살면서도 동시에 생성을 품고 살아간다. 그러므로 허향숙의 사랑은 영원한 생성일 터이다.